그럴수록
산책

그럴수록
산책

걷다 보면
모레쯤의 나는
괜찮을 테니까

도대체 글·그림

위즈덤하우스

걷기 시작했습니다

저는 많이 걷습니다. 이유는 대체로 별거 없습니다. 날이 화창해서 걷고, 날이 흐려서 걷고, 기분이 좋으니까 걷고, 기분이 나쁘니까 걷습니다. 좋아하는 길이라서 걷고, 걸어보지 않은 길이라서 걷고, 버스를 타기엔 어정쩡한 거리여서 걷죠. 그리고 슬플 땐 좀 더 많이 걷습니다.

그 시작은 20대의 어느 날이었습니다. 몹시 속상한데 딱히 뭘 해야 할지 모르겠어서 무작정 밖으로 나갔답니다. 비 오는 날이었죠. 그날 저는 편의점에서 산 비옷을 입고 20킬로미터 가까이 걷고 돌아와 잠을 잤습니다. 걸었다고 슬픈 일이 사라지진 않았지만, 어쩐지 후련하더라고요. 그리고 그저 걷기만 했을 뿐인데도 '뭔가 하긴 했다'는 성취감이 들어서 기분도 나아졌습니다. 오호라. 그 후로 기분이 가라앉거나 슬픈 마음이 들 때면 밖으로 나가 일단 걸어보기 시작했습니다.

처음엔 그냥 무작정 걸었답니다. '오늘은 집에서 광화문까지 걸어서 가본다', '오늘은 퇴근하고 회사에서 집까지 걸어서 가본다'는 식으로요. 그게 뭐라고, 해내고 나면 뿌듯하더라고요. 심하게 속상한 날은 아예 달리기도 했습니다. 언젠가 휴지를 들고 눈물 콧물을 닦으며 달리기 시작했는데, 두 달 후에는 어쩐지 기록 단축에 신경 쓰는 사람이 되어 있더군요. 5.5킬로미터를 32분에 뛴 날에는 '좋아. 어느 날 외계인들이 지구를 침공해서 "지금부터 32분 후에 반경 5.5킬로미터 안의 모든 것을 파괴하겠다"고 경고해도 대피할 수 있게 되었다!' 같은 실없는 생각을 하면서 웃을 수도 있게 되었습니다. 걷고 달리는 것은 저에게 가장 효과 좋은 처방인 셈이었죠.

그러다가 다시 또 크게 힘든 시기가 찾아왔습니다. 그때는 생계를 꾸리는 데 온 힘을 쓰기에도 부족할 지경이어서 걷거나 달리고 싶은 마음도 들지 않더군요. 그러나 대신 산길을 천천히 걷는 것에 재미를 붙였습니다. 삶이 고달프다가도 산책을 하며 주위를 둘

러보는 시간엔 숨통이 트이는 기분이었어요. 처음에는 일하지 않아도 되는 시간이란 사실만으로도 좋았지만, 점점 숲에서 만나는 새와 벌레, 나무와 풀 같은 것들이 살아가는 모습도 눈에 들어오기 시작했습니다. 줄곧 '나의 상황, 나의 어려움, 나의 고통'처럼 '나'에 대한 것만 생각했는데, 나 아닌 다른 존재들에게 관심을 갖고 관찰하게 된 것입니다.

저마다 자기 몫의 삶을 부지런히 살아가는 존재들로 가득한 산길을 걸으며 '나도 결국 이 자연의 작은 일부일 뿐이구나' 생각한 시간이 큰 위안이 되었습니다. 아무래도 저는 저에게 너무 큰 기대를 하고 있던 모양이었습니다. 실제의 제가 그 기대에 미치지 않으니 실망할 일도, 속상할 일도 많았던 거였죠. '나는 그렇게 대단할 것 없는 사람이고, 또 대단하지 않아도 상관없다. 그러니 지금 겪고 있는 이 실패도 썩 유난한 일이 아니다'라는 사실을 받아들이려 애썼답니다. 그러고 나니 마음이 훨씬 가벼워졌습니다.

최근 몇 년 사이 저는 주로 산길을 걷고 있기 때문에 이 책에는 숲에 대한 이야기가 많이 나옵니다. 그러나 여러분이 걷게 되는 길이 숲이든 바닷가이든, 좁은 골목이든 요란한 도심이든, 산책의 끝엔 마음의 평화가 있길 바랍니다. 그 전에 제가 발견한 것들을 함께 나누고 싶어서 이 책을 썼습니다. 준비운동처럼 읽어주세요. 그리고 대충 옷을 챙겨 입고 가볍게 걸어보세요.

언젠가, 걷다가 만나요.

2021년 봄

도대체

프롤로그_ 걷기 시작했습니다 004

1장

살아 있으니까,
모두 잘했어

그럴수록 산책 014
호시절 016
잘 부탁합니다 018
다들 열심히 020
까치의 비밀 021
초자연적 현상 024
이름 026
꿩처럼 휴식을 028
어디에나 030
0000 032
으쓱 033
노래하는 돌 034
지렁이의 보은 036
박씨를 천천히 기다리세요 038

라일락 피는 계절 040
발자국 따라가기 042
누군가의 발자국 044
누구의 깃털일까? 045
비둘기 이웃 046
두꺼비를 연못으로 048
까마귀 소리 050
새소리의 의미 052
왜가리 053
새는 위대해 054
가장 고독할 때 056
꽃이었어요 058
과거의 나에게 060
잘했어 062

2장

아무도 초조해하지 않고,
각자 다른 빠르기로

각자 달라요 066

개미 정도는 068

밀짚모자 070

똥파리 071

쥐며느리의 성격 073

비의 원리 074

꿀호떡 076

나라를 구하겠어 078

어느 잡화점 080

동료의 존재 082

오디가 익어가는 동안 084

장마철의 버섯들 086

여름철 산책 팁 돌의자 고르기 087

바람 부는 날 088

여름밤 맥주 090

비밀 아지트 091

서두르는 이유 094

매끈한 돌 096

연 날리기 098

여름 바람 100

허수아비 102

매미들 104

간단한 것들 106

3장

오늘은 나도
수고가 많았으니까!

엉뚱한 것들 110

수고 많으셨어요 112

밤의 동반자 113

화분 구경 115

단풍 씨앗 116

존재 알리기 118

계획 120

오지랖 122

달빛에 신세를 124

열창 126

산책길 미스터리 의자 편 128

할머니들 129

우체부 아저씨가 남긴 것 130

가짜 별 132

행복한 인생 134

유명 인사 135

나 같아서 138

파닥파닥 140

가을의 나무들 142

플라타너스 143

단풍잎 144

구름 위의 비밀 146

대왕 은행잎 148

4장

그다음엔 봄이 와,
알았지?

같은 속도여서 152

하늘만 노랗게 되어도 153

아저씨의 정체 154

붕어빵 156

결심 158

잘했어, 순록들! 160

추운 날의 만두 포장 162

추운 날의 호떡 포장 164

산책길 미스터리 장갑 편 165

지구의 공전 166

가방의 무게 168

취하지 않고는 171

함박눈이 오면 172

버려진 의자 174

버려진 인형 176

사자 문고리 177

헨젤과 그레텔 179

깔창 182

새들의 겨울 식량 184

소나무 고드름 185

징검다리 186

오리도 그랬구나 188

겨울철 산책 팁 떡볶이 핫팩 190

새해 찬스 191

별똥별 193

봄은 되고 봐야지 194

움찔 196

산책길 미스터리 나물 편 198

노란 계단 199

무심히 200

마음 202

모레쯤의 나 204

1장

살아 있으니까,
모두 잘했어

◆ 그럴수록 산책

도심에 있을 땐 의식하기 어렵지만

산책길에 들어서면

새삼스레 깨닫게 됩니다.

세상에는 인간 외의 수많은 생물들이 함께 살아가고 있다는 것을요.

그들 중 누구도 자신이 존재하는 이유를 증명하려 애쓰지 않죠.

그저 살아가는 것입니다.

그래서 스스로가 한심하게 느껴질 때면

그럴수록 산책을 합니다.

✦ 호시절

풀들이 올라오고

꽃이 피기 시작합니다.

피어날 때를 아는 식물들이 신기하고도 부럽네요.

대단하단 말야~

나는 '나의 때'가 언제인지 모릅니다.

나에게도 활짝 피어날 때가 올까요?

설마 이미 지나버렸을까요?

뭐, 호시절을 따져보는 건 의미 없을지도
모르겠습니다.

어차피 당시에는 모르고 지나칠 테니까요.

✦ 잘 부탁합니다

제법 따뜻하네

한 달 전의 나는 '겨울을 사는 나'였는데

오늘의 나는 '봄을 사는 나'입니다.

느긋~ 여유~

내가 가만히 있을 때도

나는 다른 사람이 되곤 하죠.

혼자서 내가 될 수는 없네요.

세상에 부탁하고 싶어집니다.

모쪼록
잘 부탁합니다!

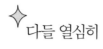

다들 열심히

이른 봄 무렵에는 산책길의 풍경이 하루가 다르게 바뀝니다. 어린 잎을 보며 '참 촉촉하고 여리구나' 생각했는데 며칠 후 어느새 큰 잎이 되어 있는 식입니다. 순식간이죠. 담쟁이덩굴이 뻗었던 자리에 빨판이 남아 있는 광경도 종종 눈에 띕니다. 손으로 떼어보면 제법 단단하게 붙어 있죠.

그러고 보면 식물은 결코 수동적인 존재가 아닙니다. 햇빛을 따라 몸을 움직이고 덩굴을 감을 기둥을 찾아내며 이렇게 빨판을 닫기도 하는 것이죠. 필사적으로 말입니다. 가지를 쳐내면 다른 가지를 내밀고, 줄기째 잘라도 다시 뿌리를 내리기도 하죠. 씨앗에 솜털을 달아 멀리 날려 보내고, 산길을 누빈 강아지의 다리에 풀씨를 묻혀 보내기도 합니다. 해가 지면 잎을 접어 다음 날을 위해 쉬고요.

식물은 열심히 살고 있습니다. 조용할 뿐이죠.

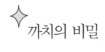

까치의 비밀

나뭇가지가
유난히 많이
떨어져 있군!

오늘은
좋은 정보 하나
알려
드릴까요?

길을 걷다가, 작은 나뭇가지가 한곳에 집중적으로 떨어져 있는 것을 발견했다면

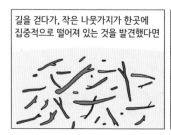

위를 올려다보세요.

까치가 집을 지으면서 떨어뜨린 경우가 많답니다.

그런데

이게 왜 '좋은 정보'인지 궁금하시죠?

발견할 때마다 웃을 수 있게 되거든요.

작작 좀 흘리라고!

동네 골목에 있는 긴 계단에는 자잘한 나뭇가지들이 어지럽게 흩어져 있는 날이 많았습니다. 그곳을 지나갈 때마다 '왜 저기만 유난히 저렇게 지저분할까?' 생각하곤 했죠. 그러던 어느 날 이유를 알았습니다. 계단 옆의 커다란 나무 위에 까치들이 둥지를 짓느라 그랬던 것이죠. 부지런히 둥지를 만들면서 흘린 나뭇가지들이 그렇게나 많았던 것입니다.

까치가 나뭇가지를 가져가는 모습은 도심에서도 볼 수 있습니다. 얼마 전 횡단보도를 건너기 위해 신호등이 바뀌길 기다리고 있었는데, 머리 위에서 나뭇가지가 툭 떨어지더라고요. 고개를 드니 까치가 적당한 가지를 찾기 위해 나뭇가지를 몇 번이고 툭툭 부러뜨렸다가 버리고, 부러뜨렸다가 버리기를 반복하고 있었습니다. 그러다가 마침내 마음에 쏙 드는 가지를 찾았는지 물고 날아가더라고요. 그 나뭇가지는 지금쯤 어디선가 까치 둥지의 일부가 되어 있을 테죠. 이런 사실을 알게 된 후로는 여기저기 떨어진 나뭇가지들을 보고도 '그러려니' 하게 되었습니다. 오히려 웃음이 나오기도 하죠. 이유를 알면 귀여워지는 것들이 세상엔 존재합니다.

초자연적 현상

개똥과 나란히 걷는 것은 처음이었죠.

무슨 일을 겪고 있는 거지…ㅇ°

들썩 들썩

???

이유는 금세 밝혀졌지만

벌레가 있었구나!

어쩐지 아쉽습니다.

초자연적 현상인 줄 알았는데…

*모가슴소똥풍뎅이였다고 하네요.

이름

뒷산에서 꿩을 만났습니다.

앗, 꿩이다!

무척 인상적인 경험이었죠.

꿩!

'꿩!' 하고 울어서 꿩이었어??

그러고 보니 이름이라는 건

맴 맴

꼬꼬

귀뚤 귀뚤

개굴 개굴

저 우는 대로 지어지나 보아요.

너는 개굴개굴 우니까 개구리다!

개굴?

026

그렇다면 혹시 동물들도

자기를 부르는 사람들을 보면서

나비야~
나비야~

저이는 '나비야'
하고 우니까
'나비' 야.

이렇게 생각하기도 할까요?

꼬맹아~
꼬맹아~

꼬맹이가
왔군!

궁금해집니다.

...

야 이 재수 없는
@#%*&#@!!!

✦ 꿩처럼 휴식을

동네 뒷산에서 꿩의 울음소리를 처음 들은 날 저는 정말 놀랐습니다. 그전까지 꿩이 어떻게 우는지 알지 못했고 궁금하지도 않았는데, 갑자기 제 눈앞에 나타나 "꿩!" 하고 울었기 때문입니다. 꾀꼴꾀꼴 울면 꾀꼬리가 된다거나, 뻐꾹뻐꾹 울면 뻐꾸기가 된다는 사실은 알고 있었지만 꿩마저 꿩 하고 우는 새였다니 허를 찔린 기분에 기가 막히기까지 했답니다.

호기심이 생긴 저는 꿩에 대해 찾아보았는데, 지금 와서 다른 내용들은 대부분 잊어버리고 말았지만 '먹을 것을 찾아 산 아래로 내려왔다가도 오후 네 시가 되면 숲으로 돌아간다'는 사실은 잊지 않고 있습니다. 꿩들 나름대로 규칙적인 생활을 하고 있다는 것이 어쩐지 귀엽기도 했고요. 일하다가 과로하는 건가 싶을 때면 '꿩도 오후 네 시면 쉬는데⋯⋯' 생각하며 꿩 핑계를 대고 쉬기도 했답니다.

인간이 오후 네 시면 일을 접고 쉬기는 힘든 노릇이지만, 그래도 너무 무리하는 게 아닌가 싶을 때는 꿩을 떠올려보세요. 먹을 것을 찾다가 "오후 네 시네? 돌아가자!" 하고 총총걸음으로 숲으로 들어가는 꿩 무리를 상상하다 보면 귀여운 마음과 함께 나도 좀 쉬자는 생각이 들 테니까요.

◇ 어디에나

어디에나 풀이 돋고 있습니다. 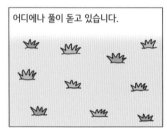	어디에나요. 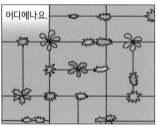
조금의 틈만 있어도 풀은 뿌리를 내립니다. 영차! 	저는 제 상황에 따라, 매번 다른 마음으로 풀들을 바라보죠. … 

때로는 안쓰러워하고

왜 하필 여기에 자리를 잡았누…

때로는 부러워하며

너희는 뿌리 내릴 곳을 찾았구나

나는 계속 홀씨 신세란다

때로는 혼자 찔려서 반성합니다.

으아…

??

나는 풀만큼도 열심히 살지 않는 인간이야!

올봄엔 응원하고 있습니다.

우리, 같이 잘 버텨 보자!

0000

어느 날, 산책하다 마주친 동네 할머니가 핸드폰을 쓸 수 없게 됐다며 혹시 봐줄 수 있냐고 물어보셨습니다. 폴더를 여니 암호가 걸려 있더군요. 실수로 잠그신 모양이었죠. '0000'을 눌러 잠금을 풀고, 핸드폰을 재설정해 암호 없이도 다시 사용하실 수 있게 해드렸습니다. 그리고 그날부터 저는 할머니에게 애정을 받게 되었습니다.

꽃이 피면 꽃이 예쁘니까 보라고 하시고, 예쁜 낙엽은 주워주셨죠. 비가 올 것 같으면 당신 집에 들러 우산을 가져가라고 하시고, 춥거나 더우면 빨리 들어가라고 걱정하시고, 옷을 좀 차려입은 날엔 좋은 일이 있냐고 물어보시고, 저의 개 태수의 안부도 꼬박꼬박 챙기십니다.

저는 0000만 눌렀는데요.

으쓱

어떤 나무의 이름을 알게 되면

그 나무를 볼 때마다 으쓱하게 됩니다.

이건
가죽나무지

으 쓱

이건
배롱나무지~

으 쓱

꽃은 없지만
무궁화 나무지

알아봤거롱

조팝나무도
잘 있궁…

으 쓱

노래하는 돌

어떤 산책로에선

돌로 위장한 스피커들이 종종 보입니다.

저기에서 음악이 나왔군!

그런 스피커를 생각해낸 사람도 귀엽고

언뜻 보면 그냥 돌이라고~

흐뭇~

흐뭇~

산책길에 투입되어 본의 아니게

스파이 노릇 중인 스피커들도 귀엽습니다.

어쩌면 우리 인간들만 모르게

이런 이야기가 내려오고
있지는 않을까요?

억울한 경우가 있을지도 모르겠습니다.

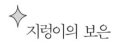

지렁이의 보은

땡볕 아래 산책길을 헤매던 지렁이를
풀밭으로 옮겨주었습니다.

사람들한테 밟혀 죽겠다고.

유난히 그런 지렁이가 많은 해였죠.

뭐야

계속 이러다간

지렁이들이 단체로 보답이라도 하는 거 아냐? ㅋㅋ

그리고 얼마 후

으아아아 내 핸드폰!!

아이고 액정 다 깨졌겠네!!

흑흑... 내 핸드폰...

수리비로 쌩돈이 나가겠구나

그 후에도 몇 번 더 지렁이의 보은(?)이
이어졌다가

두 달 후에 끝났습니다.

✦ 박씨를 천천히 기다리세요

언젠가 혼잡한 곳에 있는 방귀벌레 한 마리를 종이로 집어서 사람들이 없는 곳에 내려준 적이 있습니다. 이런 일을 굳이 기억하고 있는 것을 보고 눈치채셨겠지만, 나름 좋은 일을 하는 거라고 생색을 내고 싶던 일이었죠. 심지어 '양심이 있다면 보은을 하겠지'라는 기대마저 품었던 것 같습니다. '하다하다 방귀벌레의 양심에까지 기대하는 삶이 되었나?' 같은 생각이 잠시 스쳤지만 모르는 척했죠.

작은 벌레에게 보은을 기대하는 생각이 자연스럽게 든 것은 여러 전래동화의 영향도 있는 것 같습니다. 머리로 종을 쳐서 은혜를 갚고 죽은 까치라거나, 흥부에게 보물이 나오는 박씨를 물어다준 제비 이야기 같은 것 말이죠. 그저 전래동화일 뿐이란 사실이야 알지만, 개미에게 과자 부스러기를 주면서 '기회가 되면 은혜를 갚겠지' 생각하고 있으면 헛웃음이 나오는 한편 개미 몸무게만큼 든든해지는 것도 사실입니다.

흥부 하니 생각나는 이야기를 하나 하자면, 아주 오래전 어느 날, 모르는 전화번호로 문자가 한 통 왔습니다.

박씨를 천천히 기다리게.

저는 마침 우울한 상황이었기에, 흥부에게 박씨를 물어다준 제비를 떠올리며 '누가 이런 격려를……' 하는 뭉클한 마음이 들었죠. 그래서 감사 인사를 하기 위해 문자를 보낸 이에게 전화를 걸었습니다. 하지만 알고 보니 모르는 아저씨가 잘못 보낸 문자였습니다. 다른 누군가에게 '박씨 성을 가진 사람을 기다리라'고 보낸 거였더라고요. 허무하긴 했지만 덕분에 잠깐이나마 훈훈할 수 있었답니다.

라일락 피는 계절

라일락 피는 계절입니다.

발자국 따라가기

산책하면서 시멘트 바닥에 찍힌 발자국을 만날 때가 있습니다.

저는 그것을 발견하는 것을 좋아합니다.

가장 좋아하는 것은 공원 한쪽의 비둘기
파티 현장입니다.

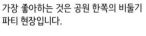

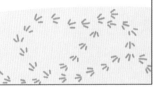

비둘기들의 발자국을 따라 걸으면

어쩐지 아주 즐거워지거든요.

녀석들,
아주 신났었구만!

무엇을 하는 건진 들키지 않으려
노력합니다.

흠흠…

누군가의 발자국

이 발자국을 남긴 사람은 몰랐을 테죠.

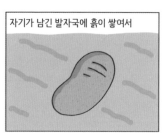

자기가 남긴 발자국에 흙이 쌓여서

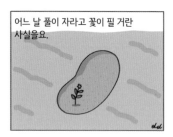

어느 날 풀이 자라고 꽃이 필 거란
사실을요.

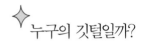 누구의 깃털일까?

산책하면서 얻는 즐거움 중 하나는

바닥에 떨어진 새의 깃털을 발견하고

반짝

반짝

주인이 누구일까 상상하는 것입니다.

실제 주인
까치

멋있는 분이
다녀갔나 봐

✦ 비둘기 이웃

멧비둘기 한 마리와 며칠째 같은 장소에서
마주쳤습니다.

또 만났네

근처에 둥지를 튼 모양이었어요.

오늘도 여기서
만났네

아는 비둘기가 생긴 것은 처음이라서
조금 들떴습니다.

한동네에 사니까
동네 친구라고
해야 할까나?

이름도 붙여주었죠.

'구구 씨'라고
불러야겠다.

두근♥

하지만 어느 날부터 구구 씨는 그곳에 더 이상 나타나지 않았고

저는 생각했습니다.

나의 첫 비둘기 친구 구구 씨...

어디서든 다시 보면 알아볼 수 있겠지

그러나

...

우정은 오래가지 못했습니다.

비둘기들은

다 똑같이 생긴 것 같군...

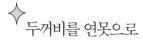
두꺼비를 연못으로

어느 밤, 자기 전에 잠깐 집 앞에 나갔다가 두꺼비 한 마리를 보았습니다. 이웃집 주차장으로 엉금엉금 기어 들어가고 있더라고요. 저는 그 며칠 전부터 집 앞 골목에서 자동차에 깔려 죽은 두꺼비를 몇 마리나 본 참이었습니다. 인근 등산로에 작은 연못이 있는데, 어쩌다 주택가까지 내려온 녀석들이 자동차를 피하지 못해 죽은 듯했습니다. 그런데 또 다른 두꺼비가 눈앞에 나타나자, 직전에 마신 맥주 두 캔 때문인지는 몰라도 감정이 북받치고 말았습니다.

'두꺼비를 연못으로 돌려보내자!'

집으로 달려가서 예전에 씻어둔 일회용 배달 그릇을 찾아 뚜껑에 숨구멍을 여러 개 뚫고는 가지고 나왔습니다. 일단 두꺼비 위로 그릇을 덮어 그 안에 가두고, 바닥 쪽으로 뚜껑을 툭툭 밀어 넣은 후에 그릇과 뚜껑을 합체해 두꺼비를 잡는 데 성공했죠. 그러고는 연못으로 향했습니다. 한밤에 두꺼비를 잡아 연못으로 가고 있다니 어이가 없으면서도 웃음이 나왔습니다.

괙괙괙괙

골골골골

걷다 보니 낮에는 들을 수 없던 두꺼비며 개구리 우는 소리가 들리기 시작하더군요. 다들 목이 터져라 울고 있더라고요. 연못이 가까워질수록 두꺼비 동료들의 울음소리가 점점 커졌습니다. 마치 다른 세상으로 진입하는 듯한 기분이 들었죠. 그릇 안에서 숨죽이고 있는 두꺼비도 다 듣고 있겠지 생각하니 어쩐지 제 마음이 벅차서 심장이 터질 것 같았습니다.

그날 밤 두꺼비는 연못가로 무사히 돌아갔습니다.

* 나중에 찾아보니 두꺼비는 꽤 무서운 독성을 분비하더군요! 직접 만지진 않아서 다행이었다며 뒤늦게 가슴을 쓸어내렸습니다. 두꺼비를 조심하세요. 한밤중에 두꺼비를 잡아 연못으로 가게 하는 술도 조심하세요.

◇ 까마귀 소리

✦ 새소리의 의미

왜가리

저는 왜가리에 푹 빠졌습니다. 처음 보자마자 눈을 뗄 수가 없었답니다. 긴 다리로 성큼성큼 걸어 다니는 왜가리를 보고 있으면 어떻게 저런 생명체가 다 있을까 싶습니다. 옛날 옛날에 신선들의 편지를 전달해주는 역할을 하다가, 세상이 변하면서 신선들은 사라지고 왜가리만 남아 이 세상을 계속 살아가고 있는 것인지도 모르겠습니다.

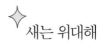# 새는 위대해

저는 하늘을 나는 것에 동경이 있어서인지, 날아다니는 꿈을 종종 꿉니다. 하지만 꿈에서조차 새처럼 자유롭게 날지는 못하고, 점프 해서 수십 미터 정도를 경중경중 뛰는 식으로 날고는 합니다. 그래도 한 번 점프할 때마다 공중에 떠 있는 기분을 만끽하며 즐거워할 수 있죠.

꿈에서나마 그런 능력을 갖추었다고 어디 대단한 곳에 가는 것도 아닙니다. 그저 시내 곳곳을 돌아다닐 뿐이랍니다. 비 오는 날 마트에 가야 하는데 그렇게 다녀올 수 있어서 편했다거나, 차가 많이 밀리는 고가도로 위를 경중경중 갈 수 있어서 좋았다거나 하는 소소한 내용일 뿐입니다. 비현실적인 가운데 묘하게 현실적인(?) 꿈을 꾸는 셈이죠.

새가 날아다니는 모습을 보고 있으면 '새는 위대하다'는 생각이 절로 듭니다. 어떻게 날아서 이동할 생각을 해냈을까요? 세상을 날아다니기로 결심한 순간부터 새는 이미 위대한 존재였을 것이 분명합니다. 날기로 결심하고 맨 처음 하늘을 날아올랐을 새의 순간을 상상하고 있자면 전율이 들 정도입니다.

그래서 산책길에서 새를 볼 때마다 존경과 부러움을 담은 마음
으로 바라보고 있습니다. 막상 제가 정말 날 수 있게 된다고 해도
어디로 가야 할까 머뭇거리다가 일단 마트부터 다녀올 것 같긴
하지만요.

가장 고독할 때

인간은 혼자일 때 가장 고독할까요?

아닙니다.

원치 않는 타인과 함께일 때

인간은 가장 고독해지죠…….

✦ 꽃이었어요

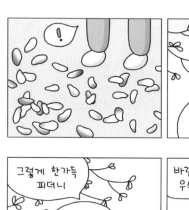

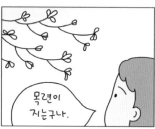

목련이
지는구나.

그렇게 한가득
피더니

이렇게 다
떨어지네

바람 불면
우수수라니

덧없구나

...

아니에요.

바람 불어도

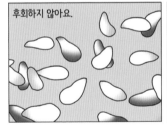

후회하지 않아요.

꽃이었어요.

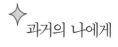

과거의 나에게

어느 날 저의 개 태수와 함께 공원에 산책을 나갔는데, 꼬마 하나가 태수에게 달려왔습니다. 꼬마의 아빠가 "개는 멀리서 보는 거야"라고 말하며 말리자 꼬마는 바로 울음을 터뜨렸죠. 그 모습을 보면서 '이제부터 원하는 것을 다 가질 순 없다는 사실을 받아들이는 데 남은 평생이 걸리겠구나' 생각하며 안쓰러운 마음이 되었습니다.

언젠가부터 삶은 제 한계를 확인하는 날들이었습니다. 제가 오르지 못할 나무는 여기저기 많았죠. 그걸 기필코 하나씩 확인하며 알아가게 되는 건 썩 유쾌하지 않은 과정이었습니다.

하지만 그러면서 또 하나 확인한 게 있다면, 어찌됐든 괜찮다는 것이었죠. 어쩌면 생각보다 많은 일들이 사실은 '그렇게 되어도 괜찮은' 일인지도 모릅니다. 아무래도 사건의 한가운데에선 그런 생각을 하기 어렵지만요.

이 글을 쓰는 지금도 저는 어떤 일을 후회하고 한탄하느라 괴로워하는 중입니다. 그러나 어쩌겠어요? 울음을 터뜨리고 엉엉 우는 동안에도 시간은 흐르고 그 일들은 과거가 되고 있는걸요.

언젠가 '과거로 돌아가 어린 시절의 나를 만날 기회가 생긴다면 어떤 말을 해줄 수 있을까?' 상상하다가 꼭 이 말을 해줘야겠다 다짐해둔 말이 있습니다. 그 후로 이런저런 이유로 힘들 때마다 실시간으로 과거의 내가 되고 있는 나에게 꾹꾹 눌러 쓰는 편지처럼 들려주곤 합니다.

"얘야, 누구도 크게 신경 쓰지 말고, 어떤 일로도 오래 괴로워하지 말고, 그저 행복한 순간을 많이 만들렴. 행복한 기억 외의 다른 건 모두 언젠가 어이없을 정도로 의미 없어진단다."

잘했어

잘 있었어?

야옹 어르신
되게 오랜만에
보는구나.

저번에 좀 아파
보이다가 안 보여서
걱정했는데

많이
좋아졌네.

잘했어!

다들 자꾸 잊거나 모르는 척하는데

생물이 살아 있다는 건 굉장한 일이라고.

어쩐지 남에게만 건네곤 하던 말을

작년 한 해도 살아 있었다면

대단한 일을 해낸 거야.

이제

잘했어!

어르신 올해도 계속 봐!

나에게도 해줄 차례입니다.

살아 있으니까

잘했어.

2장

아무도
초조해하지 않고,
각자 다른
빠르기로_____

각자 달라요

꽃이 피었을 땐 다들 존재감을 뽐냈지만

진달래 목련 벚나무 산수유 개나리

이젠 언뜻 봐선 구별하기 쉽지 않습니다.

전부 초록이네

그런데 자세히 들여다보면

저마다 각자의 열매를 만들고 있죠.

동전만한 감 열매

일찌감치 열매를 내어놓는 나무들이
있는 한편

이제부터 시작인 나무들도 있습니다.

아무도 초조해하지 않고

각자 다른 빠르기로 살아갑니다.

개미 정도는

개미굴을 발견하면

부스럭

먹을 것을 뿌려주고

과자 부스러기

지켜보는 것을 좋아합니다.

얘들아

뜻밖의 횡재를 한 기분이 어때?

제법 뿌듯한 일이죠.

개미 정도는

기쁘게 해줄 수 있다고~

애앵—

모두를 기쁘게 해줄 순 없습니다.

찰싹

모기가 벌써!!

밀짚모자

저는 모자를 좋아합니다. '많이 가졌다'고 할 만한 패션 아이템이 별로 없는데, 모자는 많이 가지고 있습니다. 어느 여름엔 한창 밀짚모자 쓰는 것을 즐겼는데, 매일같이 쓰고 다니니 '동네 사람들이 나를 밀짚모자 쓴 여자로 기억하겠군. 그렇다면 나중에 모자를 벗고 나쁜 짓을 해도 아무도 나를 알아볼 수 없을 것이다.' 생각하며 악당처럼 웃은 적도 있답니다.

그렇다고 정말 모자를 벗고 나쁜 짓을 하진 않았지만, 기억에 남는 일은 생겼습니다. 어느 날도 밀짚모자를 쓰고 길을 걷고 있었는데, 한 중년 여성이 저를 불러 세우는 거예요. 그러더니 들고 있던 쇼핑백에서 밀짚모자를 꺼내 보여주면서 물었습니다.

"방금 산 건데 잘 산 것 같나요?"

제가 '한번 써보시라' 했더니 그분은 모자를 쓰고 저를 바라보셨습니다. 저는 "아주 잘 어울려요. 지금부터 바로 쓰고 가세요." 했고, 그분은 모자를 쓴 채 웃으며 가셨죠. 유쾌한 경험이었답니다.

똥파리

숲에서 가장 반짝거리는 존재는

똥파리입니다.

저는 그 사실이 어쩐지 즐겁습니다.

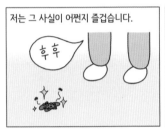

더 즐거운 건

제가 아무리 그 반짝임을 칭송해도

똥파리는 신경도 쓰지 않을 거란 사실입니다.

쥐며느리의 성격

어느 날 산책길 의자에 멍하니 앉아 있는데, 쥐며느리 두 마리가 의자 위로 올라온 것을 발견했습니다. 깜짝 놀라 손으로 쓸어 아래로 떨어뜨렸죠. 그런데 한 마리는 몸을 말고 가만히 있는 반면, 다른 한 마리는 뒤집어져서 버둥거리는 게 아니겠어요? 그러고 있는 게 안돼 보여서 뒤집어주니 그 쥐며느리는 곧장 다시 의자 위로 기어오르기 시작했습니다. 다른 한 마리는 여전히 가만히 있었는데요. '그래서 어쨌단 말이냐!' 싶으시겠지만, 저는 내심 많이 놀란 날이었습니다. '쥐며느리도 저마다 성격이 다르단 말인가……'라는 생각이 들었기 때문입니다.

비의 원리

비의 원리를 배운 후부터

구름 알갱이들이 뭉쳐서 점점 커지면 무게를 견디다 못해 비가 되어 떨어져요

으아~ 무거워!

비 오기 시작하는 순간을 좋아하게 되었습니다.

비는 언제나 '마침내' 내리는 셈이죠.

으아아아

네도!

간다!

세상의 무언가가 가벼워지기로 결심한 순간입니다.

꿀호떡

으악, 호떡이다!

호떡 먹고 싶다…

호떡 먹은 지 진짜 오래됐는데.

하지만 밥을 많이 먹고 나와서 배가 부르다…

호떡을 먹는 건 무리야…

그래! 배가 좀 꺼질 때까지 공원을 돌고 오자!

🥤 나라를 구하겠어

어릴 적, 텔레비전을 보다가  응애~ 응애~	어느 장면을 인상 깊게 본 후로  요 녀석! 우렁차구나! 장차 나라를 구할 장군감이야!
이런 생각을 하는 버릇이 생겼습니다.  뿌웅!	 우렁차다… 나라를 구할 분의 방귀야! ?

있어서 딱히 좋을 것도 없지만

손해 볼 것도 없는 버릇입니다.

어느 잡화점

오래전, 자주 산책을 다니던 길에 작은 잡화점이 있었습니다. 비싸지 않은 옷이며 가방, 작은 소품과 장신구들을 파는 곳이었죠. 제가 좋아하는 스타일의 물건이 많았기에, 오며가며 그곳에 들러 구경하는 것이 낙이었죠. 아무것도 사지 않고 나와도 주인아주머니가 친절히 대해주셨기 때문이기도 합니다.

그곳에서 산 아이보리색 니트를 아주 오랫동안 입었는데, 그 니트에는 수상한 얼룩이 있었습니다. 그게 무슨 얼룩이냐고 물었을 때 아주머니는 대수롭지 않다는 듯 '원래 있는 얼룩'이라고 대답하셨는데, 새 옷에 있는 얼룩을 두고 '원래 있는 얼룩'이라 하다니 어이없다고 생각하면서도 그 말이 재밌어서 사서 입고 다녔죠. 세탁해도 지워지지 않는 그 얼룩을 볼 때마다 '원래 있는 얼룩이라 지워지지 않는군' 하며 웃곤 했습니다. 그 밖에도 아주머니가 '인도에서 수입한 것'이라 주장하셨지만 'MADE IN CHINA' 라벨이 달려 있던 크로스백이며 '네팔 사람들이 만든 것'이라 했지만 역시 진실은 알 수 없는 목걸이 같은 것을 샀습니다.

그 가게에서 산 반지도 하나 있습니다. 은으로 만든 링에 작은 연

분홍색 캣츠아이가 박힌 반지였는데, 저에겐 큰 사이즈여서 손가락에 끼우면 빙빙 돌아갔지만 어쩐지 그 반지를 끼는 순간 '이 반지가 행운을 가져다줄 것 같다'는 기분이 들었답니다. 그래서 정말 반지 덕을 보았는지 진지하게 생각하자면 아무래도 아니겠죠. '야, 무슨! 내가 그 후로 살면서 무슨 일을 겪었냐면……'이란 말이 몇 시간이고 술술 나올 지경이니 말입니다.

그래도 저는 아직까지도 그 반지를 잘 간직하고 있습니다. 반지가 정말 행운을 가져다주었는지 아니었는지는 중요하지 않더라고요. 그저 그 작고 어둑어둑한 잡화점 안에서 그 반지를 발견하고 손가락에 끼어본 순간, 밑도 끝도 없이 '이 반지가 행운을 가져다줄 것 같다'는 생각이 들던 반짝 빛나던 기분이, 아직도 가끔 반지를 끼어볼 때마다 드는데요. 그 기분을 무척 좋아할 뿐입니다.

동료의 존재

산책하다가 낯선 소리를 들었습니다.

호로롱~

기품 있는 중저음의 새소리였죠.

호롱~ 호로롱~

아름답네…

평소엔 듣지 못한
소리인 걸 보니

호로롱

이 근방에서 쉽게
볼 수 있는 새는
아닌가 보다.

저 소리를 온전히 이해하고
반응할 수 있는 건
같은 종의 새뿐일 텐데

호로롱

혼자이니 외롭겠죠.

아무리 좋은 울음소리를 가졌더라도

동료를 만나기 전까진 외로운 것입니다.

오디가 익어가는 동안

전에 살던 동네의 산책길에서 제가 가장 좋아한 곳은 뽕나무가 여러 그루 있는 언덕이었습니다. 뽕나무 말고도 여러 종류의 나무가 무성해, 나무 그늘 아래 앉아 있으면 한여름에도 덥지 않았죠.

뽕나무에 달린 오디가 익어가는 6월엔 산책길 바닥이 온통 오디로 뒤덮입니다. 바람이 불 때마다 툭툭, 오디 떨어지는 소리가 들리죠. 저는 그 소리를 무척 좋아하면서도, 때로는 가슴이 덜컹 내려앉곤 했습니다. '저렇게 오디가 익어가는 동안 나는 무엇을 했지……' 하는 생각이 드는 것이죠.

그야말로 쓸데없는 자격지심인 셈이지만, 일이 잘 풀리지 않을 때면 어김없이 그런 마음이 되고는 했습니다. 해마다 때가 되었으니 오디를 내놓을 뿐인 뽕나무 입장에서는 자신을 보며 그런 생각을 하는 존재가 있다는 게 어이없을 노릇일 테지만요.

장마철의 버섯들

장마로 꿉꿉한 날씨가 이어질 땐

으아~

오늘도
불쾌지수 무지
높은 날씨네

숲에 가서 구석진 곳들을 유심히 봅니다.

곳곳에서 버섯들이 신나게 자란 모습을
볼 수 있거든요.

다들 장마가
지겨운데
버섯들만 신났구만!

일 년 중 얼마 되지 않는 버섯들의
호시절을 보는 게
나름 즐겁습니다.

너희라도
즐거워서
다행이다

여름철 산책 팁
돌의자 고르기

여름철, 돌의자에 앉을 땐 주의하세요.

걷다가 힘들다고 아무 의자에 앉으면 안 돼요!

햇볕에 익은 의자에 앉으면 큰일납니다!

앗 뜨거워!

맨반석이야 뭐야?!!

잘만 고르면 시원한 의자에서 더위를 식힐 수 있어요.

잘 익은 수박 고르듯 신중하게 고르세요!

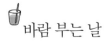 바람 부는 날

중학생 때 저는 바람이 많이 부는 날을 참 싫어했습니다. 이유는 단 하나였는데, 앞머리가 이리저리 날아다니기 때문이었죠. 헤어 스프레이로 단단히 고정한 앞머리가 유행하던 시절이었기에, 앞머리를 헝클어뜨리는 바람이 너무나 싫었던 것입니다. 그러나 세월이 흘러 흘러, 지금은 바람 부는 날을 무척 좋아하는 사람이 되었습니다. 큰 바람일수록 좋아하죠. 바람이 불 때면 학교 다닐 때 배운 바람의 원리가 떠오르기 때문입니다.

바람은 공기의 흐름으로, 대기의 온도와 기압의 차이에 의해 발생하는 것.

저 내용을 배울 때는 그런가보다 무심히 지나갔지만, 지금은 떠올릴 때마다 묘한 기분에 사로잡히곤 합니다. 큰 바람이 불어올 때마다 '지금 세상의 균형을 맞추기 위해서 공기가 이동하고 있어'라고 생각하게 된달까요. 그 흐름 속에 제가 있다고 생각하면 매 순간 신기한 기분입니다.

세상이
균형을 맞추려
하고 있어

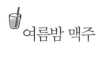

여름밤 맥주

비밀 아지트

언젠가 텔레비전을 보는데 산속에 비밀 아지트를 둔 아저씨가 나왔습니다. 어느 날 산속 바위틈에서 굴뚝새가 나오는 걸 보고 따라갔다가 작은 동굴을 발견했대요. 그래서 그날부터 그곳을 아지트 삼아 뒹굴기도 하고, 커피도 마시면서 신나게 지낸다고 합니다. 혼자만의 숲속 비밀 공간이라니! 그것도 굴뚝새가 안내해준 곳이라니! 무척 부럽더군요.

십수 년 전에는 제게도 비슷한 장소가 있었답니다. 인적이 비교적 드문 길을 걷다 보니 무슨 이유인지 커다란 나무들을 베어 쌓아두고 방치해둔 장소가 나왔습니다. 그 나무 더미 위에 가만히 앉아 있으면 평화로운 기분이 되고는 했습니다.

그 무렵의 저는 종일 혼자 있는 날이 대부분이었어요. 일도 끊기고 사람들도 만나기 싫어서 유일한 낙이라고는 동네 뒷산에 올라가서 한참 앉아 있다 오는 것뿐이었죠. 나무 더미 위에 오랫동안 앉아 있어도 주위로는 아무도 지나가지 않았습니다.

조용한 일상을 보내고 밤이 오면 요란하고 어수선한 꿈을 꾸곤 했죠. 꿈속 세상이 좋았다면 깨지 않고 영원히 잠만 자고 싶다는 생각도 들었을 법한데, 저는 꿈속에서도 현실처럼 지질했답니다. 갈 데가 없는 기분이었죠. 그래서 매일 숲에 갔답니다. 새벽에도 가고 낮에도 가고 저녁에도 가고, 나무를 보고 풀을 보고 벌레를 보던 시절이었습니다.

그때는 숲에 혼자 있다는 사실이 별로 무섭지 않았습니다. 숲에 서는 제가 지질하다는 사실도 아무렇지 않았습니다. 아무도 저를 보지 않았고, 평가를 내리지도 않았고, 그러므로 그 어디에서보다 평화롭고 안전한 기분이었습니다.

하지만 당연히도 계속 그곳에 있을 순 없는 노릇이었죠. 저는 다시 사람들을 만나고 일을 하며 살기 시작했고, 시간이 꽤 흐른 어느 날 다시 그곳을 찾았을 땐 제 기억보다 많이 초라한 모습에 조금 놀랐답니다. 하지만 아직도 가끔 그곳에 앉아 평화로움을 느꼈던 날들을 떠올리곤 합니다.

그런 장소가 한 곳 더 있습니다. 수년 전 작업실이 있던 건물의 옥 상입니다. 그 무렵 저는 밖을 돌아다니며 장사를 했는데요, 아침

일찍 짐을 이고 지고 나가서 종일 장사를 하고 돌아와 옥상에 올라가 맥주를 한 캔 따면 긴장이 싹 풀리는 기분이었답니다. 해가 지고 있으면 해 지는 풍경을 보고, 해가 이미 졌으면 밤하늘을 보고, 비가 오면 비 오는 걸 보면서 멍하니 앉아 있곤 했어요. 온종일 사람들을 대하며 떠들어야 했지만 그 시간엔 온전히 혼자 있을 수 있었고, 아무 말도 하지 않아도 되었죠. 하루 중 유일하게 평화로운 시간이었습니다.

그러고 보니 그립다며 꼽은 곳들이 오히려 가장 힘들었던 시기들에 있었군요. 참 아이러니합니다. 그때의 저는 그 시간들이 이렇게 그리워질 줄 몰랐습니다. 몇 년 후의 저는 현재의 어떤 장소와 순간들을 그리워하게 될까요? 미리 알 수 있다면 더 자주 찾아가고, 더 많이 추억을 쌓아놓으련만 말이죠.

 서두르는 이유

가벼운 마음으로 산책을 나왔다가

돌연 진지한 표정과

다급한 기색이 되어

귀가를 서두를 때가 있습니다.

매끈한 돌

유난히 매끈한 돌이 나타났습니다.

산책길에서 흔히 볼 수 있는 돌이
아니었죠.

처음엔 눈에 잘 띄었지만

머쓱해
하는 것 같군.

시간이 흐르면서 점점

이쯤에
있었는데

어디 갔지?

흙먼지가 묻어 변해가더라고요.

세상에!
못 알아봤네!

그러나 다른 모든 존재들처럼

욱,
비다!

돌도

쏴아

제 모습을 찾는 순간이 오곤 합니다.

연 날리기

바람이 많이 불던 날, 동네 언덕 위에서 아이들이 연을 날리는 광경을 보았습니다. 그 모습을 보고 있으니 초등학교 5학년 때 학교 운동장에서 연을 날렸던 일이 떠올랐죠.

저는 무언가를 만드는 일엔 영 소질이 없었습니다. 제가 만든 고무동력기는 손에서 놓자마자 고꾸라졌고, 과학상자는 아무리 공들여 만들어도 부실했죠. 나무로 만든 국기 보관함은 태극기는커녕 아무것도 담을 수 없을 지경이었고요. 그래서 수업 시간에 연을 만들 때도 큰 기대는 하지 않았답니다.

그런데 이게 어쩐 일일까요. 다 같이 운동장에 나가서 연을 날리는데 저의 가오리연이 높이 날아오르는 것입니다. 그날따라 바람이 잘 불어준 덕도 컸을 테죠.

저는 하늘 높이 나는 연에서 눈을 뗄 수가 없었습니다. 바라보는 내내 얼마나 가슴이 벅차던지, 아직도 연이 날던 그 모습이 어제처럼 생생합니다.

제 손으로 만든 연이 높이 날아오른 순간의 성취감, 아무 기대 없이 한 일이 좋은 성과를 낸 순간 찾아온 뜻밖의 기쁨. 저에겐 그런 것이 무척 소중했던 모양입니다. 그러니 지금까지 이렇게 뿌듯한 기억으로 남은 것일 테죠.

여름 바람

시원하게 부는 여름 바람은

무엇을 실어올까요?

그건 아마도

나무의 안부일 거예요.

싸아—

싸아아—

바람이 어디까지 가는지

알 수 있는 건 누구일까요?

그건 아마도

민들레 홀씨일 거예요.

허수아비

동네 어느 집에서 담장 높이 허수아비를
달아놓았습니다.

도심 주택가의 허수아비는 흔치 않아서
이런저런 상상을 했는데

뭐지…

주술적 의미라도
있는 걸까?

알고 보니 바로 옆에 감나무가
있더라고요.

아하!

허수아비는 무언가를 지키려고 세우는
거란 사실을 깜빡했습니다.

부탁한다!

사람의 허세도 허수아비 같은 게
아닐까요?

진짜 내가 아닌 다른 모습을 허수아비처럼
내세우는 것이죠.

요란한 허수아비를 내세우는 사람일수록

자기를 지키지 못할까봐 두려운 건지도요.

매미들

간단한 것들

다행이죠.

쭈욱—

기분을 나아지게 하는 것들은

으 하

의외로 간단하곤 하니까요.

뭐

여름은 원래 덥지.

3장

오늘은 나도
수고가____
많았으니까!

엉뚱한 것들

산책길에선 종종 엉뚱한 것을 발견하게 됩니다.

풋고추가 덩그러니…

산길에 포커 카드가…

운동화 밑창 ?!! 누군지 무척 당황스러웠겠네

꽃게…?

(가장 가까운 바다까지 45km)

그리고

가끔은 햇빛도 떨어져 있죠.

내 것이 아니어서 줍지는 않았습니다.

수고 많으셨어요

여름 내내 붙들고 있었지만 지지부진하던 일을 마침내 끝낸 날이었습니다. 일을 잘했는지 못했는지 따지기 전에, 일단 끝냈다는 사실만으로도 얼마나 후련하던지요. 자축하는 심정으로 밖으로 나가 걷기 시작했습니다. 횡단보도를 건너는데 맞은편에서 걸어오던 사람이 밝은 표정으로 인사를 건네더군요.

"오늘 정말 수고 많으셨어요!"

저도 웃으며 고개를 꾸벅 숙였답니다. 그 순간 '잠깐, 낯선 사람이네? 오늘 내가 수고 많았는지 저 사람이 어떻게 알았지?' 하는 의문과 '아, 내가 아니라 내 옆에서 걷던 사람에게 인사한 것이구나!' 하는 깨달음이 동시에 찾아왔지만요. 무척 머쓱했지만, 어깨를 으쓱하며 생각했습니다.

'나도 오늘 수고가 많긴 했으니까!'

밤의 동반자

목덜미를 스치는 바람이 제법
간지럽습니다.

바람은 등도 스쳐가고

왼팔도 스쳐가고

오른팔도…… 오른팔도??

바람이…

이렇게 구체적으로 불어…?

으아악

바퀴벌레!!

바퀴벌레!!

화분 구경

주택가를 산책할 때면 집 앞에 내놓고 키우는 화분을 구경하는 재미가 쏠쏠합니다. 화분 하나로도 집주인의 성향을 상상할 수 있죠. 어느 집 앞에는 장미며 맨드라미, 천사의 나팔처럼 꽃을 피우는 화초들이 많다면, 어떤 집 앞에는 상추며 고추, 콩처럼 길러서 먹을 수 있는 식물이 많거나 하는 식으로요. 때로 수십 개의 화분을 내놓고 기르는 집도 볼 수 있습니다. 그 화분 속 식물들이 저마다 잘 자라고 있는 것을 보면 주인이 얼마나 가꾸고 보살피고 있는지 상상이 되죠.

언젠가 어느 집 앞을 지나가는데 사랑초 꽃이 예쁘게 피어 있는 화분이 눈에 들어왔습니다. 거기엔 이런 메모가 붙어 있었습니다.

꽃이 예쁘게 피어서 같이 보려고 두었습니다.

단풍 씨앗

어릴 적 살던 집의 마당에는 단풍나무가 있었습니다. 	가을이면 단풍나무 씨앗을 반으로 잘라 
장독대 위에서 날리며 놀았죠. 	손을 떠난 씨앗은 빙글빙글 회전하며 떨어져 내렸습니다. 

바람이 불면 더 멋지게 날았죠.

아무리 계속해도 질리지 않았습니다.

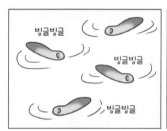

가을은 그렇게 빙글빙글 왔습니다.

여름의 나무들은 조용히 푸르릅니다.

자기가 누구인지 굳이 내세우지 않다가

나도
너도
초록

가을이 되면 하나둘

퍽

존재를 알리기 시작하죠.

여기에
감나무가
있었구나!

존재 알리기

묵묵히 여름을 보내고, 별일 아니라는 듯 그간의 결실을 척 내밀다니

옛다. 강.

옛다. 산수유.

옛다. 모과.

어쩐지 나무들이 멋지게 보여요.

여름을 그냥 보낸 게 아니구나.

물론 인간 세계와 마찬가지로

잠깐.

킁킁

이 냄새는…

좀 요란한 녀석들도 있습니다.

후두다닥

으악

후두다닥

은행!

은행!!!

계획

오지랖

동네 산책로 근처엔 유명한 건물이 있어서 	그곳에 가려다가 길을 잘못 든 사람들을 종종 봅니다.  △△빌딩이 이쪽인가요? 아뇨, 저쪽이에요
감이 오는 사람이 나타나면 신경 쓰다가  ➡두리번거림 ➡잠깐 밖에 나온 옷차림은 아님 ➡스마트폰을 보며 무언가 체크하지만 확신 없는 눈빛	도움을 청하면 잽싸게 알려주죠.  △△빌딩... (준비된 답) 뒤로 돌아 직진해서 큰길 나오면 좌회전 한 블록만 지나서 또 좌회전입니다

때로는 길을 묻기를 기다리면서

감이 온다!

일부러 천천히 지나가기도 하는데

슬금~ 슬금~

'저는 이 동네 주민입니다. 길을 잘 압니다'라는 눈빛

···감이 늘 맞는 것은 아닙니다.

아니구나

후다닥

바빠서 마음이 급할 땐 먼저 물어봅니다.

혹시 △△빌딩 가시나요?

(오지랖 왕)

달빛에 신세를

달이 유난히 크고 환하게 뜨는 날이 있습니다. 저는 평소엔 제가 사는 곳이 지구라는 자각을 하지 못하지만, 그런 날 달을 보면 그제야 이곳이 지구이며, 지구가 우주 한가운데 떠 있는 행성이란 사실을 새삼 떠올리게 됩니다. 아득한 우주 한쪽, 이곳에서 우리는 대체 무엇을 하고 있는 걸까요? 그런 생각을 하다 보면 가슴이 먹먹해집니다.

어느 퇴근길, 둥글게 뜬 달을 가만히 올려다보았습니다. 달이 어찌나 환하게 빛나고 있던지요. 그러다 달이 태양의 빛을 받아서 저렇게 빛나고 있다는 사실을 떠올렸습니다.

'그렇다면 달빛을 받는 나도 조금은 빛나지 않을까?'

이런 생각을 하며, 저도 염치를 접어두고 달빛에 신세를 지기로 마음먹었답니다. 주위에 아무도 없었지만 그래도 혹시 모르니 차마 크게 움직이진 못하고, 소심하게 제자리에서 빙글, 한 바퀴 돌아보았습니다. 그러고는 마음속으로 외쳤답니다.

'나는 달빛으로 태닝한 여자다. 이제 아무도 나를 못 이길걸!'

어쩐지 밑도 끝도 없이 으쓱해지더라고요. 그래서 남은 길을 씩씩하게 걸었습니다.

그러니 달이 밝다면 한번 살펴보세요. 바로 그날이 달빛에 몸을 맡기기 좋은 날인지도 모릅니다.

열창

산책길 미스터리
의자 편

산책길에 누군가 의자를 하나
가져다놓으면

아마도
버린 것

그 주위로 온갖 의자들이 모여듭니다.

아주 자연스럽게 의자가 있는
휴식 공간이 됩니다.

할머니들

우체부 아저씨가 남긴 것

전에 살던 동네의 우체부 아저씨는 사람들과 마주칠 때마다 반갑게 인사를 했습니다. 웃는 얼굴로 인사한다고 누구나 웃으며 답하는 것도 아닐 텐데, 아저씨는 언제 보아도 모두에게 웃으며 인사를 하고 있었죠.

이제 와서 솔직히 고백하자면, 처음에는 그분을 썩 좋게 보지 않았습니다. 마주칠 때마다 인사해야 하는 것이 어색했을뿐더러, 못 본 척 후다닥 지나가려고 해도 굳이 불러서 기어이 인사를 하고야 마는 상황도 못마땅했거든요. '왜 저렇게 인사를 하려고 하지? 무슨 꿍꿍이가 있는 거 아냐?'라는 생각마저 할 정도로요.

그러나 반전은 없었죠. 그분은 그저 인사하는 걸 좋아하는 분이었습니다. 시간이 흐르면서 저도 적응해서는 그분을 만나면 자연스레 먼저 인사하는 단계까지 올라갔죠. 그러다 언젠가부터 다른 우체부 아저씨가 오시게 되었는데, 새로 온 분과 마주치자 저도 모르게 꾸벅 인사하게 되더라고요. 인사를 하고도 깜짝 놀랐답니다.

그 후로 사람이 지나간 자리엔 그가 남기고 간 것들이 있구나, 생

각하게 되었습니다. 우체부 아저씨가 저희 동네 골목에 웃으면서
인사하는 습관을 남기고 간 것처럼요.

가짜 별

밤 산책길에 유난히 밝게 빛나는 붉은 별을 보았습니다.

지구 가까이 온 화성이 밝게 빛날 거란 뉴스를 본 날이었죠.

그럼 저게 화성이겠네!

언젠가 이런 말을 듣고

저렇게 너무 빛나는 건 별이 아니라 인공위성이래

오랫동안 그렇게 생각했습니다.

별 좀 봐!

인공위성 일걸?

이번에도 인공위성이라 여길 뻔했죠.

오늘 마침 그 뉴스를 보지 않았다면 그런 줄 알았겠지...

너무 빛난다는 이유로

와아~

저 별 좀 봐

진짜가 아닐 거라 오해받는 존재가

별 아니야

그런가?

별뿐일까요.

행복한 인생

어쩌다 '행복한 인생'이라고 큼직하게 적힌 티셔츠가 생겼습니다.

그 정도로 행복한 건 아닙니다

아니에요

유명 인사

저는 희한한 물건을 무척 좋아합니다. 최근에 이사하면서 많이 정리하긴 했지만, 스위치를 누르면 불이 들어오는 가짜 손가락이라거나(마술 도구입니다), 오두방정을 하며 돌아다니는 태엽 장난감, 재미난 모양의 볼펜 같은 것을 많이 가지고 있었습니다. 보고 있으면 웃음이 나오는 것이라면 무엇이든 좋아하는 편입니다. 그러니 인터넷 쇼핑몰에서 '양산 모자'란 것을 발견하자마자 '이것이야말로 내 물건이다'라는 생각에 얼른 구입했답니다.

양산 모자는 이름 그대로 작은 양산을 모자처럼 머리에 쓸 수 있게 만든 제품인데, 그걸 쓰면 양손도 자유롭고 햇볕도 더 많이 차단할 수 있을 것 같았죠. 그러나 막상 받아보니 양산을 머리에 고정하는 밴드가 너무 죄었습니다. 저의 머리 둘레가 큰 탓인지는 몰라도, 삼장법사가 씌운 머리띠를 착용한 손오공이 된 심정이었답니다. 무엇보다 그걸 쓰고 거울을 보니 너무나 눈에 띄어서, 금세 동네에서 유명해질 것 같았습니다. 결국 집 밖에서는 개시하지 못하고 말았습니다.

제가 이런 희한한 물건을 좋아하는 것을 잘 아는 친구가 선물해준

비옷도 있습니다. 머리와 어깨를 가려주는 비행접시 모양의 비옷인데, 그것 역시 쓰고 나가는 순간 동네에서 제일 유명한 사람이 될 것만 같은 차림이 되더군요. 그 비옷도 결국 한 번도 사용하지 못한 비운의 비옷이 되고 말았습니다.

양산 모자도 비행접시 비옷도 요긴하게 사용할 수 있는 현장이 반드시 있을 것 같습니다만, 남의 눈을 이토록 신경 쓰는 제가 동네를 산책할 때 쓰기엔 무리라는 결론을 내려야 했답니다.

양산 모자

비행접시 비옷

○ 나 같아서

학창 시절, 저는 피구를 좋아하지 않았습니다.

공을 맞는 게 너무 싫었거든요.
체감상 공의 크기
아이고

그래서 친구들 뒤에 최대한 숨어 다니거나

코트의 경계에 어정쩡하게 서서 어느 팀인지 헷갈리게 하는 전술(?)을 썼죠.

잔디밭의 잡초들을 보면 피구 시간이
생각납니다.

잔디 사이에 살짝 숨어 있거나

화단 가장자리에서 은근슬쩍 자라는 것이
피구 시간의 저 같거든요.

어쩐지 응원하게 됩니다.

들키지
마라

파닥파닥

집을 나서자마자, 고무줄 바지를 뒤집어 입었다는 걸 깨달았습니다.

윽.

봉제선 →

← 주머니

뭐, 동네 산책이고 사람들이 남의 바지만 유심히 보진 않을 테니까.

그냥 다녀오자.

파닥 파닥

주머니

파닥 파닥

결국 제대로 입으러
돌아갔습니다.

가을의 나무들

가을의 숲 풍경을 좋아합니다. 여름 내내 광합성을 하느라 푸르
게 물들던 나뭇잎들이 진짜 자기 색을 찾아가는 모습을 보는 것이
좋습니다. 여기저기 붉거나 노랗거나 갈색이 되기 시작해서 어수
선해 보이기까지 하죠. 그 모습이 마치 각자 자기주장을 하는 것처
럼 비쳐지기도 합니다. 그런 광경을 바라보고 있으면 나무들의 진
짜 모습을 만나고 있다는 생각 반, '수고했다'는 마음 반이 됩니다.

플라타너스

저는 플라타너스를 좋아합니다. 잎이 큰 것이 마음에 듭니다. 여름에 그 큰 잎을 흔드는 모습을 보면 참 시원시원합니다. 바람에 나부끼는 소리도 큰 편이죠. 솨아아아― 소리를 내며 흔들리는 플라타너스를 보면 저도 함께 손을 흔들고 싶어집니다. 한여름의 플라타너스는 하늘을 나는 꿈을 꾸고 있는 듯 보입니다.

그러나 같은 이유로, 플라타너스는 가을에 더 애처로워집니다. 한 여름 그렇게 꿈꾸는 듯한 모습으로 손을 흔들던 플라타너스 잎은 가을이 되면 누렇게 변해 떨어져서 바람에 끌려다니니까요. 늦가을 밤, 조용한 길에서 갑자기 무언가 슥 끌려다니는 소리가 나서 돌아보면 플라타너스 잎인 때가 많습니다. 그 잎들을 보며 처연한 마음으로 겨울을 맞이하게 되곤 합니다.

단풍잎

옛날, 한 아이가 밤하늘에서 빛나는 붉은 별을 보았습니다.

아이는 그 별을 갖고 싶은 마음에 끙끙 앓았습니다.

아이고

별을 어디서 구하나…

세상을 지켜보던 옥황상제도 앓아누운 아이가 딱했지만, 뾰족한 수가 없었죠.

별을 함부로 땅에 내려보낼 순 없으니…

그러나 이내 좋은 생각을 떠올렸어요.

옳거니!

그리고 나무 하나에게 말했습니다.

너의 잎이 마침 별을 꼭 닮았으니

붉게 물들기만 하면 되겠구나!

그때부터 매년 이맘때면 그 나무의 잎들은 곱게 물들어

아이가 바라던 붉은 별이 되어 소복이 떨어져 내렸답니다.

···같은 일이 있었을지도 모르지.

구름 위의 비밀

구름이 하늘 가득 두텁게 깔린 흐린 날

구름 한쪽에 구멍이 뚫린 것을 보면서 상상합니다.

구름 위의 누군가가 이쪽이 궁금해서

또 그러고 있느냐!

아바마마! 잠깐만 보겠습니다~

구멍을 뚫고 몰래 엿보는 건 아닐까— 라고요.

어서 닫거라!

힝…

그래서 그런 구멍을 발견한 날이면

어쩐지 자꾸 쳐다보게 됩니다.

물론 허무맹랑한 상상이겠지만

혹시 또 아나요.

대왕 은행잎

대왕 은행잎은 늘 우쭐거렸어요.

하하하

나보다 큰 은행잎은 없을 거라고!

그러나 가을이 되자 다른 은행잎들처럼 노랗게 물들더니

???

떨어지고 말았습니다.

소나무는 일 년 내내 푸르러야 해서

떨어진 단풍으로 치장해볼 수 있는
가을을 은근히 기다리곤 했죠.

이번 가을엔 대왕 은행잎이 소나무 위로
떨어져주었고

이제 소나무가 우쭐거리기 시작했습니다.

...라는 상황
같지 않아?

아니.

지는 것들이
아름다운 계절이
되었습니다.

4장

그다음엔 봄이 와, 알았지?

✿ 같은 속도여서

하늘만 노랗게 되어도

어느 늦은 오후, 산책을 막 마치고 돌아온 길에 세상이 노랗게 변했습니다. 제 눈이 잘못되었나 싶었지만 아니었죠. 하늘에 온통 노란빛이 가득하더라고요. 노을이 붉게 지는 것이야 수없이 봐왔지만 하늘이 노랗게 변한 것은 처음 보았습니다. 깜짝 놀라서 SNS에 들어가 보니 저 말고도 여러 사람들이 노란 하늘에 대해 이야기하고 있더군요. 이유는 끝내 알아내지 못했지만, 가끔 일어나기도 하는 일이었나 봅니다.

저는 어렸을 적에 '내일 세상이 망하더라도 나는 한 그루의 사과나무를 심겠다'는 말에 아무 감흥이 없었답니다. 사과나무를 심는 게 뭐 어떻다는 건지, 그 말을 왜 여기저기에서 하는지 이해가 되지 않았죠.

그러나 이날 저는 그 말이 얼마나 대단한 말인지 절감할 수 있었습니다. 하늘만 노랗게 되어도 온갖 경우의 수를 다 떠올리며 지구가 망하는 건 아닌가 새파랗게 겁에 질린 저 같은 사람에겐, 내일 지구가 망한다는데 사과나무를 심는 것은 턱도 없는 일이었습니다.

아저씨의 정체

붕어빵

겨울철, 누군가 초조한 표정으로
걸음을 재촉하고 있다면

그의 가방엔 붕어빵이 있을지도 모릅니다.

눅눅해지기
전에
서두르자…

저는 붕어빵을 좋아합니다.

맛있기도 하지만

모락
모락

붕어빵을 맨 처음 만든 사람이
'붕어빵'이란 것을
떠올렸을 때

얼마나 기뻤을까 상상하면

붕어 모양
빵을
만들자!

재밌을
거야!!

와하하

덩달아 기쁘기 때문이죠.

얼마나
즐거웠을까?

후후

춤이 절로
나왔겠어~

붕어빵의 계절이 왔습니다.

붕어빵

잔돈 준비하세요.

결심

모든 일엔 결심이 필요합니다.

추위 때문에 산책 나가는 게
망설여질 때도

이불을 벗어나자는 결심이 필요하죠.

··· 그만
꼼지락거리고
나갈까?

일단 그렇게 하기로 결심만 하면!

그래,
일어나자!

하하하하

······5시간 정도 후엔 나갈 수 있습니다.

ㅋㅋㅋ

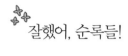 잘했어, 순록들!

눈이 많이 온 후엔 아무래도 산을 오르기가 힘듭니다. 그럴 때면 생각나는 게 눈길을 척척 다니는 순록이고, 이어서 몇 년 전에 본 기사가 떠오릅니다. 일본 도미노 피자가 홋카이도에서 순록 배달 서비스를 계획하고 있다는 내용이었죠. 예시로 첨부된 사진에서 순록은 등 위에 피자 박스를 지고 있었습니다. 눈이 많이 오기로 유명한 홋카이도에서 고객들에게 즐거움을 주기 위해 기획한 이벤트였겠지만, 저는 그 사진을 보며 착잡해지고 말았습니다.

'순록으로 태어났는데 왜인지 피자를 배달하게 되는 어리둥절한 삶도 있는 것이군…….'

그 무렵 저는 어느 회사를 다니고 있었는데, 흔히 말하는 '영혼 없는' 직장생활을 하는 참이었습니다. 다행히 제가 하기에 무리 없는 일을 찾아 어찌어찌 해내고는 있었지만, 회사의 제 자리에 앉아 '이렇게 내 인생이 가고 있구나' 생각하는 시간이 많았습니다. '이 일을 할 수 있어서 하고는 있지만, 이 일을 하고 있는 게 맞단 말인가?' 같은 생각이 계속 들었죠. 그래서 더욱 순록들에게 감정이입을 했던 것인지도 모르겠습니다. 순록은 눈 쌓인 길도 잘 다닐 수 있고, 멋진 뿔이 있으니 고객들도 즐거워하겠지만, 과연 피자를 배달하는 게 맞단 말인가? 랄까요. 동병상련의 마음 반, 착잡한 마음 반이 되는 뉴스였습니다.

그러나 얼마 후 후속 기사가 나왔습니다. 도미노 피자에서 순록 배달 시스템을 최종 보류했다는 내용이었습니다. 순록을 교육해보려 했지만 길을 자꾸 벗어나고, 집 앞에 멈추기를 거부하고, 심지어 피자를 길가에 버리고 가는 등 교육에 실패했기 때문이라고요.

"순록들이 피자 배달 교육을 거부해서 자신들의 삶을 지켰다!"

저는 벅찬 마음이 되어 환호했습니다. 그렇게 통쾌할 수가 없더라고요. 세상의 순록들이 엉뚱하게 피자를 나르지 않고 눈 쌓인 길을 어슬렁거리며 돌아다니길 기원합니다.

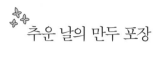

추운 날의 만두 포장

만두 사 갈까?!

후후

휘

잉

오싹

저녁엔 진짜 춥네…

추운 날의 호떡 포장

산책길 미스터리
장갑 편

겨울엔 산책길 회양목 위에 장갑이 한 짝씩 올려져 있곤 했습니다.

?

이유를 알 수 없었죠.

대체 왜 이런 곳에 올려놓는 거지??

어느 날 저는 장갑을 한 짝 잃어버렸고

엥

주머니에 넣었다가 흘린 모양이네…

다음 날 그간의 의문이 풀렸습니다.

내 장갑이네!

찾아가기 좋으라고 일부러 올려놓는 거였구나!!

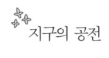
지구의 공전

후다닥

괜찮아!
가까이
안 갈게.

엄마는 어디에
있고 너 혼자야?

많이 추워졌지?

···이것보다
더 추워질 텐데
너무 놀라지 마.

지구가 태양
주위를 돌고 있어서

더웠다가
추웠다가
하는 거래.

🦋🦋 가방의 무게

저는 대학 시절 동아리방에 있는 날이 많았습니다. 전공에는 정을 붙이지 못했지만 동아리 활동은 즐거웠거든요. 문학 동아리였지만 다들 글은 많이 쓰지 않았어요. 저처럼 다른 데 갈 곳 없는 친구들이 동아리방에 모여서 시답잖은 이야기나 나누곤 했지만 그게 그렇게 재밌던 시절이었죠. 그래서 심지어 휴학 기간에도 굳이 학교에 가서 동아리방을 들르곤 했습니다.

그 무렵 저의 가방은 대체로 아주 무거웠습니다. 전공 실기 수업에 필요한 여러 재료들과 책, 노트, 종류별로 다양한 필기도구, 카메라, 생수, 두루마리 휴지, 그리고 그때 이미 무거운 편에 속했던, 중고로 구입한 구형 노트북까지 든 거대한 백팩이었답니다. 가방을 어깨에 메는 즉시 몸이 쿵 내려앉는 기분이 되었지만 잘도 메고 다녔죠.

어느 날, 역시나 동아리방에 앉아 있는데 동기인 K가 한쪽에 내려놓은 제 가방을 들어보더군요. 그러더니 크게 놀라며 저를 비난했습니다.

"무슨 가방이 이렇게 무거워? 여기에 뭐가 들어 있어? 이걸 왜 다 들고 다녀?"

저는 가방 안에 있는 온갖 물건들을 꺼내면서 그것들을 들고 다녀야 할 이유를 설명했지만 K는 고개를 가로저었습니다.

"가방이 이렇게 무거우면 안 돼. 너는 늘 사는 게 힘들다고 하잖아. 지금 보니까 사는 게 힘든 게 아니라 가방이 무거운 거야. 이런 가방을 메고 다니면 누구나 힘들어. 쯧쯧……."

그때는 그 말을 들으며 배를 잡고 깔깔 웃고 말았죠. 그러나 그 후로 오랫동안 가끔씩 그 친구의 말이 떠오릅니다. 저에게 일갈하던 그 친구는 십수 년 후에 이른 생을 마감하고 말았습니다. 재기발랄했던 친구였기에 그가 한 많은 말을 기억하고 있지만 저에게 가장 크게 남은 건 바로 그 말이었습니다.

지금도 산책을 나가기 위해 크로스백에 이것저것 챙기다가도 그 친구의 말이 생각나서 물건을 하나씩 덜어내곤 합니다. 진짜로 가방의 무게가 인생의 무게인지는 모르겠습니다만, 적어도 산책길에서만큼은, 가방의 무게가 제 인생의 무게라고 착각하지 않기 위해서 말이죠.

✿ 취하지 않고는

취하지 않고는

야 이

이 나쁜 인간아!

늦은 밤 골목엔

너는 진짜 못된 놈이다

비틀 비틀

술에 취하지 않고는 꺼낼 수 없는 말을 하는 사람들이 서성입니다.

망할 세상아

나는 왜 아닌 건데

서운해… 너무 서운해…

✤✤ 함박눈이 오면

저는 눈을 좋아합니다. 일단 아름답기도 하고, 눈이 오는 과정이 너무나 신기하기 때문입니다. 공기 중의 수증기가 모이고 날이 차다고 그게 얼고 결정이 되어서 땅 위로 내리고 그런데 그 모습은 아름답고…… 모든 게 신기합니다.

저는 태어나서 살아야 하는 게 딱히 좋지만은 않은 사람입니다. 대체로 마음의 준비가 안 된 상태에서 곤란한 일들을 겪어야 하는 게 삶 같았죠. 세상이 1인분이라고 던져주는 과제들은 왜 그리 무거운지? 정말 1인분이 맞는지? 열 살 때 겪어야 할 일을 열 살에 겪은 게 맞는지? 스무 살에 겪을 만한 일을 스무 살에 겪은 게 맞는지? 아무래도 이래저래 오류가 난 건 아닌지? 그런 생각을 하는 시간이 꽤 많았습니다.

하지만 노을이 지고 달과 별이 뜨고 또 어느 날엔 무지개가 뜨고 함박눈이 내리거나 하면, 세상이 참 아름답고 신기하구나 감탄하다가, 태어났으니 눈도 맞아보고 별도 보고 달도 보는구나, 합니다. 비록 티끌이지만 아름답고 신기한 세상의 일부가 되어보고 가는 거구나 생각하면 그걸로 됐다 싶기도 합니다.

물론 계속 생각하다 보면 '그래도 억울하다' 같은 마음으로 이어지기도 합니다. '이 정도 고생이라면 5단 무지개 정도는 보여달라!' 싶다거나요. 그러니 이런 마음이 들려고 할 땐 잽싸게 생각을 접고 산책을 나섭니다.

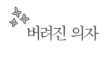

버려진 의자

산책길 인터뷰!

오늘은 골목에 버려진 의자 씨를 만났습니다!

이름표는 왜 붙이고 있나요?

한글 교육용 스티커입니다. 집에 어린이가 있었거든요.

대단하세요! 의자 역할과 한글 교육 역할을 동시에 하셨군요!

그렇습니다!

하지만 이제 그 둘 다 할 수 없게 되었는데

심경이 궁금합니다.

공장에서 나온 후로 사람을 앉히지 않고 있는 것은 처음인데 좀 얼떨떨했지만 지금은 괜찮습니다.

이렇게 가만히 있어도 되나…

응

의자

제가 의자라는 사실은 변함없으니까요.

누가 의자를 버렸구나

네!!

의자입니다!

의자

또 종종 참새랑 낙엽도 찾아와 앉았다 가고

의자

얼마 전엔 눈송이들도 조용히 앉았다 갔답니다.

의자

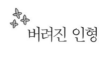

버려진 인형

버려진 인형은 유난히 애처로워 보입니다.

한때는 사랑받는 존재였을 게 분명하기 때문이겠죠.

사자 문고리

산책길 인터뷰!

오늘은 어느 집 대문 문고리의 사자 장식들을 만났습니다!

안녕하세요

반갑습니다

두 분 다 문고리가 없네요?

원래는 있었는데 오래되어서 떨어졌죠

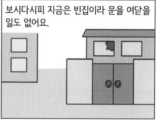

보시다시피 지금은 빈집이라 문을 여닫을 일도 없어요.

사실 도둑이 온다고 우리가 진짜로
꽉 물거나 으르렁댈 수 있는 것도
아니었지만

어흥!

그래도 우릴 달아놓은 건 이 집을
지켜주길 바랐기 때문일 테니까

그 마음을 생각해서
눈을 부릅뜨고 있었죠.

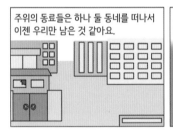

주위의 동료들은 하나 둘 동네를 떠나서
이젠 우리만 남은 것 같아요.

그냥 가끔 '이런 친구들도 있었지' 하고
떠올려주면 좋겠습니다.

헨젤과 그레텔

내가 저번에 주워들은 건데…

옛날에 '헨젤과 그레텔'이란 인간 아이들이 있었다고 해.

어느 날 그 애들이 깊은 숲에 들어가면서

집에 가는 길을 잃을까봐, 일부러
이것저것 떨어뜨려 표시를 했다더군.

나중에 그걸 보고 돌아갈 수 있게 말야.

내 생각엔, 그래서 인간들이 숲에다가
이것저것 떨어뜨리고 가는 것 같아.

산책길에 깨진 유리조각을 보면 줍는 편입니다. 혼자 산책을 다닐 때 그냥 지나치던 사람이었지만, 개와 함께 다니고부터는 유리조각이 눈에 밟히기 시작했기 때문입니다. 우리는 사람을 뺀 다른 모든 동물이 신발을 신지 않는다는 사실을 잊고 지내곤 합니다. 그러나 산에 들에 버린 유리병은 아무리 얌전히 내려놓아도 반드시 깨지고, 날카로운 흉기가 되어 동물들을 위협하죠.

깔창

으…

새로 산 신발이
커서 자꾸만
벗겨지네.

생활용품

반값세일 할인

저기에서 깔창을
사서 넣으면
해결되겠군!

좀 비싸지만
공기 쿠션이 있는
깔창이라 편해요.

에어

오~

공기 쿠션 깔창

장착

완료!

새들의 겨울 식량

산책로에 떨어진 산수유를 발견하면

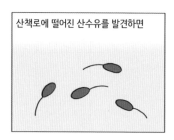

주워서 수풀 쪽으로 던져둡니다.

새들의 겨울 식량이 될 수 있게요.

발견하면
좋아하겠지

소나무 고드름

소나무엔 고드름도 삐쭉삐쭉 달립니다.

재밌네

(며칠 후)

맞으면
큰일 나겠어...

좀 무서워질 때도 있습니다.

징검다리

동네 개천엔 징검다리가 있습니다.

사는 게 징검다리 건너기 같다는 생각이 들곤 해요.

보이는 대로 척척 건너면 될 것 같지만

뭐, 돌만 밟으면 되는 거니까.

막상 건너보면 그렇지 않으니까요.

으악

깜짝이야!

미끌

되도록 이끼도 없고 널따란 돌이
촘촘하게 놓여 있길 바라지만

때로 어려운 구간이 나온대도

으아 아아

다 건넌 후엔 바로 그 구간 때문에
뿌듯하겠죠.

오리도 그랬구나

어느 아침, 하천 옆길을 걷다가 청둥오리 암컷 한 마리가 하천에
떠서 유유히 내려오는 모습을 보았습니다. 오리의 뒤로는 부채꼴
모양의 물결이 쭉 그려지고 있었죠. 그 광경이 어찌나 도도해 보이
던지, 넋을 잃고 가만히 바라보고 있었습니다. 마음속으로 온통
오리를 찬양하면서요.

'저 여유로운 몸짓을 봐라! 저렇게 우아하게 이동할 수 있다니.
자기 뒤로 펼쳐지는 물결은 또 얼마나 멋진지 오리는 알고 있을
까? 정말 근사하다. 지금 이 순간 이 하천의 주인은 저 오리로구
나…….'

도도하게 내려오던 오리 앞에 이윽고 급경사가 나타났습니다. 계
단 하나 정도의 턱이 있던 것이죠. 오리가 그 구간을 어떻게 지나
갈지 몹시 궁금해졌습니다. 매끄럽게 지나가는 오리만의 기술이
있을 것 같았거든요. 그러나 오리는 턱을 발견하더니 일어나서 걷
기 시작했습니다. 저는 피식 웃고 말았죠.

'오리라고 특별한 기술이 있는 건 아니었구나. 그냥 일어나서 걷는 거였구나.'

그때였습니다. 오리의 다리가 삐끗하더니 휘청이는 게 아닌가요? 행여 넘어질까 봐 허둥지둥 턱을 내려간 오리가 다시 물 위에 떠서 아무 일 없었다는 듯 도도하게 내려가는 모습을 본 저는 그 자리에서 크게 웃었습니다.

'오리도 삐끗하는구나.'

이 당연한 사실이 어찌나 웃기면서도 위안이 되던지요. 지금도 가끔 그 오리를 떠올리며 웃고는 합니다.

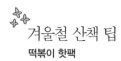

겨울철 산책 팁

떡볶이 핫팩

떡볶이를 사서 백팩에 넣습니다.

집에 가는 동안 뜨끈하게 등을 덮혀주지요.

이것이 바로

떡볶이 핫팩!

뜨끈 뜨끈

새해 찬스

종종 사람들이 복을 빈 흔적을
발견합니다.

앗,
소원 돌탑!

저는 그런 흔적 보는 것을 좋아합니다.

하늘이 내리는 복을 받기 위해선

어떤 식으로든 성의가 필요하다고 여기는
마음이 애틋하거든요.

하지만 따로 많은 공을 들이지 않아도

은근슬쩍 복을 챙겨도 괜찮을 듯한 때가 일 년에 한 번씩 옵니다.

'새해 찬스' 같은 기분이랄까요?

이맘때면 어쩐지 든든합니다.

별똥별

어느 밤, 하늘에 별똥별 무리가 가로질러 가는 광경을 보았습니다. 저도 모르게 소원을 빌게 되더군요. 그런 것이 저만은 아니겠죠. 별똥별이 떨어진 날 기사를 읽으면 수많은 사람들이 댓글로 소원을 비는 모습을 볼 수 있습니다. 그 글들을 찬찬히 읽고 있다 보면 눈물이 납니다. 우리는 늘 소원을 들어줄 대상을 찾고 있는지도 모르겠다는 생각이 들어서요. 산책하다가 종종 마주치는 돌탑을 보면서도 비슷한 마음이 된답니다.

돌에, 나무에, 달과 별에 끝없이 소원을 빌었을 저 옛날부터 지금까지의 수많은 사람들을 생각합니다. 우리는 모두 지금보다 좀 더 잘 살아보고 싶은 존재인 것입니다.

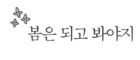

봄은 되고 봐야지

개굴
개굴

엥?

갑자기
뭔 소리야?

개구리가 나왔더라고요.

개굴

으앗

그러고 보니 어느새 봄입니다.

공기도
다르네...

자연은 엄격해서

봄이라니
반댈세!!

난 아직
마음의
준비가
안 됐어!!

혼자 다른 계절을 살게 놔두지 않죠.

어림없지

내 마음은 겨울이라고~

으아아아

세상이 아무리 시끄러워도

봄은 되고 봐야 한다는 듯

봄이 왔습니다.

봄을 살아야겠군

움찔

산수유

개나리

목련처럼

봄이 되자마자 꽃을 피우는 나무들을 보면
조금 움찔합니다.

겨울엔 그냥
쉬고 있는 줄
알았는데

다 같이 공부를 안 하고 있는 줄 알았는데

알고 보면 나만 안 했을 때와 비슷한 기분
이랄까요?

어쨌든 그 덕에 더 일찍,
봄이 봄다워지네요.

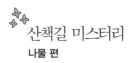

산책길 미스터리

나물 편

봄이 오고

공기가 다르네~

풀들이 올라오기 시작하면

반드시 나물을 캐는 분들이 나타납니다.

어떻게 알아보는 거지…

노란 계단

어느 날 저는 무척 의기소침한 심정으로 걷고 있었습니다. 몇 년 동안 해온 일이 와르르 무너졌고, 그간 쌓은 경력도 모두 소용없게 된 듯 느껴지는 일이 있었거든요. '나에게 과연 희망이란 게 있을까?' 생각하면서 걷다가 노란색 칠이 된 계단을 내려가기 시작했습니다. 아마도 어두운 밤에 계단이 잘 보이라고 노란 칠을 한 모양이었죠. 그런데 그 노란 계단을 하나하나 밟으면서 어쩐지 힘이 나는 것만 같았습니다. 계단이 노란색인 이유만으로요. 마치 제게 희망이 있다고 말해주는 것 같았거든요.

그 노란 계단을 밟으며 깨달았습니다. 지금처럼 제가 별의 별것에서 힘을 얻는 한, 저에겐 늘 희망이 있을 거란 사실을요. 세상은 언제나 비슷한 모습으로 제 앞에 펼쳐져 있을 테죠. 그 안에서 무언가를 발견해 어떻게든 힘을 내려는 마음이 있는 한, 저는 또 남들이 보기엔 변변찮은 무언가를 찾아내 희망의 증표로 삼을 수 있을 것 같습니다.

무심히

나를 속이고

조이고

때리고

울릴 수도 있는 세상에서

무심히 나를 지나치는 모든 것이 고맙습니다.

마음

저는 대체로 무표정이지만

어린이와 눈이 마주치면

되도록 웃는다는 규칙이 있습니다.

이유는 단순합니다.

세상이 어린이들에게 호의적이라고 느낀다면 좋을 테니까요.

요즘은 마스크를 쓰고 다니지만

규칙은 계속 지키고 있어요.

눈으로도 마음이 전달되더라고요.

어머,
손까지
흔들어 주네

응

쑥스럽지만
그럼 나도…

어서 이 힘든 시기가 지나가면 좋겠습니다.

아

할머니
안녕히 계세요!

부웅

모레쯤의 나

우울한 마음이 들 땐 대책 없이
걸어보세요.

오늘의 내가
너무 싫다…

걷고 걷다 보면

대책 없이 마음이 가벼워지기도 하거든요.

하지만
모레쯤의 나는
좀 괜찮을지도…

그럴수록 산책
걷다 보면 모레쯤의 나는 괜찮을 테니까

초판 1쇄 발행 2021년 4월 30일 **초판 2쇄 발행** 2021년 5월 20일

지은이 도대체
펴낸이 이승현

편집1 본부장 배민수
에세이1 팀장 한수미
편집 최유연
디자인 하은혜

펴낸곳 ㈜위즈덤하우스 **출판등록** 2000년 5월 23일 제13-1071호
주소 경기도 고양시 일산동구 정발산로 43-20 센트럴프라자 6층
전화 031)936-4000 **팩스** 031)903-3893 **홈페이지** www.wisdomhouse.co.kr

ⓒ 도대체, 2021

ISBN 979-11-91583-41-0 03810

* 이 책의 전부 또는 일부 내용을 재사용하려면 반드시 사전에 저작권자와
  ㈜위즈덤하우스의 동의를 받아야 합니다.
* 인쇄·제작 및 유통상의 파본 도서는 구입하신 서점에서 바꿔드립니다.
* 책값은 뒤표지에 있습니다.